따뜻한 봄,
초콜릿 같은 강아지와

yeye :)

글멍

글멍

글·그림 종종

All dogs are
Writers!

글 쓰는 멍멍이

크레파스

나는 글 쓰는 멍멍이 뭉게

서울 한구석에서 사랑하는 가족들과 함께 살고 있는 평범한 말티즈인 나는
단 한 가지 평범하지 않은 재주를 가지고 있다.
그건 바로 글을 쓸 수 있다는 것이다.
어쩌면 세상엔 나처럼 글을 쓰는 강아지나 고양이 등
여러 동물들이 있을지도 모른다.
나는 이 세상 모든 개는 시인이고, 모든 고양이는 음악가라고 생각한다.
물론 다른 동물들도 많지만, 일단 개와 고양이를 예로 든다면 그렇다.
나 같은 경우엔 지금까지 딱히 글을 써야겠다는 필요성을 느끼진 못했다.
우리는 굳이 글로 쓰지 않고, 말로 하지 않아도
눈빛과 몸짓 등 다른 방법으로도 마음을 표현할 수 있기 때문이다.

내가 글을 쓰려고 결심한 계기는 따로 있다.

최근에 내가 췌장염이 걸려 난생 처음 병원 신세를 져야 했고,

세상이 이야기하는 '노견'이라는 시기에 들어섰기 때문이다.

그리고 언젠가부터 나를 대하는 가족의 태도도 달라지기 시작했다.

특히 나에게 유난히 의지하는 큰누나를 위해서라도

그동안 내가 가족과 함께 지낸 이야기를 글로 남겨 보고 싶었다.

무엇보다 내가 쓰는 글을 통해

나처럼 나이 들어가는 친구들과 함께 사는 사람들,

함께 살았던 사람들,

그리고 앞으로 그 시간을 겪게 될 모든 이들에게

하고 싶은 말이 있기 때문이다.

나는 사람의 눈 속 바다를 읽을 수 있다.

나를 바라볼 때, 늘 잔잔하기만 하던 큰누나의 눈 속 바다에

요즘 들어 가끔씩 큰 파도가 친다.

누나는 알까?

누나가 만든 바닷속 파도가 내 마음을 일렁이게 한다는 것을.

사람들은 나이 드는 것을 슬프다고도 하지만

나는 나이 드는 것이 전혀 슬프지 않다.

나에게 나이 든다는 것은

하얗고 예쁜 눈이 소복소복 조용히 쌓이는 것처럼

자연스러운 일상 중 하나일 뿐이다.

소중한 것들은 그렇게 소리 없이 마음에 쌓인다.

나이가 들면서 쌓이는

소중한 기억과 추억들이 나를 행복하게 한다.

나는 원래 똑똑하지만

나이가 들면서 더 현명해지고 더 멋져지는 것 같다.

나는 하루하루가 그냥 다 좋다.

게다가 세상은 알다가도 모를 것투성이다.

내가 이렇게 책을 내게 될 줄 상상도 못 했으니 말이다.

역시 오래 살고 볼 일이다.

오늘의 행복한 뭉게

차
례

나는 2008년 2월 14일에 남매로 태어났다.

누나보다 내가 더 삐삐 엄마를 많이 닮았다고 한다.

나는 누나와 다르게 털도 구불거리고
덩치도 두 배고, 먹는 것도 두 배였다.

어릴 때, 나의 하루 일과는
데굴데굴하기, 엄마 젖먹기, 잠자기였다.

그러던 어느 날,

삐삐 아이들 중에 남자아이 말예요.
젖 많이 먹고 토실토실한 아이요.
형님이 데려가시겠어요?

짭짭짭

그렇게 내 견생 2막이 시작되었다.

내 이름은

뭉게, 나쁘지 않은 이름이다.

콩콩

어? 냄새 맘에 드는데?

난 뭉게라고 해.
우리 집 대장!

누나가 다시 일본에 간다고 하면
나는 여기서 꼼짝도 않을 거야!

우리 엄마 아빠는 이 놀이를 참 좋아한다.

처음엔 어려워서 망설였지만

아빠가
슬퍼할 것 같고······.

어떡하지?
엄마한테
가고 싶은데,

이제는 식은 죽 먹기다.

뭉게,
아빠한테
먼저 왔네?

뭉게,
엄마한테도 왔지?

문은 항상 오픈

열었으면 됐어!

나도 빵 먹고 싶다.

쭈쭈…

한 개도 안 준다고??

그렇다면 나도 못 참지!

기다려!

역시 물물교환엔 똥이 최고야!

네~
그래서···

요즘 작은누나는 집에서 일한다.

누나! 누나! 안아줘!

확인할 게 있다니까!

흠, 다들 열심히 하는군.

이제 내려줘.

아아, 죄송해요.

파닥
파닥

10분 뒤에 올 테니 열심히 하도록 해.

재원이와 나는 서로 만만하다.

철부지 골칫덩어리 녀석!

뭉게야,
재원이 이제
따로 살아.

재원이가 자취라는 걸 한다나 뭐라나.

며칠 후

잠시 후

내 자리는 내가 지킨다.

나는 뭉게, 우리 집 왕이지!

다들 뭘 하나 보러 갈까?

흥, 엄마한테 가야지.

엄마 뭐해……?

뭉게야~
삐졌어??

잠시 후,

음……? 누나 갔나??

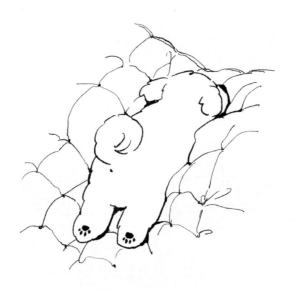

폭신한 엄마 이불 좋아.

담요 돌돌이도 좋아.

아빠의 긁긁긁 좋아.

창문 밖 보는 거 좋아.

바스락바스락 낙엽 밟기 좋아.

뭉게 ～

내 이름 부르는 소리 제일 좋아!

아, 덥다……

데굴~

선풍기로는 안 되겠어.

어, 큰누나 왔다! 그렇다면……,

헤헤, 에어컨 틀기 성공!

시원해~

역시 강아지는 머리를 써야 해.

우리 집 옥상 테라스에 있는
오래된 아이스박스는 내 아지트다.

나는 이곳에서 일광욕을 즐기는데
가끔 작은 새나 청설모가 찾아오기도 한다.

가만히 눈을 감고 코끝을 살랑이면

어디선가 실려오는 하늘하늘 바람 냄새!

에취

신난다!
집에 고구마가 잔뜩이다.

뜨거워서 안 돼!
살찌니까 조금만!

왕!

(서럽)

나를 웃게 하는 것도
나를 울게 하는 것도
고. 구. 마!

큰누나가 강아지 전용 채널을 구독해 주었다.

지금 내 눈에 보이는 건

고, 구, 마!

산책할 때 내 심기를 건드리는 건

아이들이다.

개운하긴 하네!

쓰담

모른 척하는 것 좀 봐.

최대한 표정을 감추고
모른 척하자.

찾았다, 빵!

헉, 큰누나는 역시 개코다.
어떨 땐, 나보다 더 냄새를 잘 맡는다.

가오리

5년전 재원이가
일본 수족관에서 사 옴.

백호

큰누나가
친구한테 받아 옴.

곰돌이

아기 때부터
나와 동거동락한
가장 오랜 친구.

털이 쪘다.

나는 털이 찌면 옆으로 커진다.

털이 많으면 왠지 부자가 된 느낌이다.

꿈에서도 자신감이 뿜뿜하다.

털이 찌면 몽글몽글 마음도 찐다.

부스스···

털이 잔뜩 쪄서 좋았는데
그새를 못 참고 미용이라니!

내 의견은 묻지도 않고 자기들 마음대로다.

아까운 내 털……,

수치스럽다.
리본은 너무하다.

내 표정을 본 큰누나가 털옷을 입혀 줬다.

내 털 밀고 털옷이라니
사람들의 머릿속이 궁금하다.

나는 밥에 집착하는 성격은 아니다.

맛있는
토핑 파우더

와구와구

그런데 이상하게 밥 시간은 늘 순삭이다.

더 없나?!

정말 미스테리하다.

나 혼자 호텔에 갔을 때 일이다.

호텔에는 많은 개들이 있었는데

어릴 때부터 개들과 안 친한 나는

난 원래 고양이가 아닐까?

주로 고양이들과 어울렸다.
고양이들은 참견을 안 하기 때문이다.

며칠 뒤,

나는 야채가 정말 좋다.

와삭 와삭

큰누나는 배추 먹는 내 소리가
공룡 같다고 했다.

"크아앙! 무서우면 풀을 내 놔라!"

어쩌면 나는
전생에 공룡이 아니었을까?

좋은 냄새다! 분명 맛있겠지?

나는 알고 있다.

인간들이 진짜 맛있는 음식은
자기들끼리 먹는다는 것을.

나도 맛있게
먹을 수 있는데⋯⋯

언젠가 큰누나가 숨겨 놓은 걸
몰래 먹어 본 적이 있다.

난생 첨 먹어 보는 환상적인 맛!
그 맛을 잊을 수 없다.

기다려라, 늘어나는 빵,
너도 곧 먹어 주마.

나는 유령이다~

누구든 나를 만나면
비명을 지르거나 도망을 가지.

앗! 또 저 녀석이네!

난 누구일까?

얼마 전 일이다.

그러고 보니
난 다른 말티즈보다 크고

털도 곱슬곱슬하다.

혹시,
나는 곱슬곱슬한 양일까?

아니야,
나는 용감하니까 호랑이일지도 몰라!

큰누나는 내가 머랭 같다고 했고

재원이는 동글동글 눈사람 같다고도 했어.

거울 속 내 모습

난 누굴까?

그래, 아무렴 어때?
나는 나,
내가 이렇게 명품인데!

이제 앞니가 몇 개 없다.

물고, 뜯고, 즐기던 시절도 다 지났군.

그래도 양치는 정말 싫다.
싫어!

하지만 맛있는 걸 포기할 순 없지!
앞니가 없으면 어금니로!

흠, 눈물의 양치질을 할 줄이야!

어-!

스윽

언젠가부터 화장실 가는 것도 귀찮다.

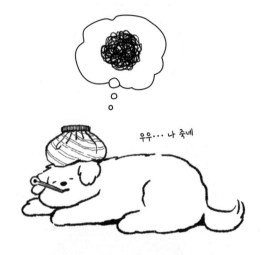

어느 날, 갑작스런 통증이 찾아왔다.

"여기 싫어! 나 두고 가지 마!"

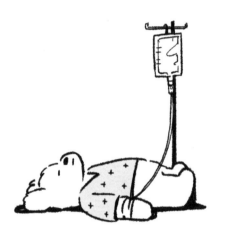

아무 생각도 나지 않았다.
설마 죽을 병은 아니겠지?

밥이랑 약을 잘 먹어야 집에 갈 수 있다니
이곳을 나가는 방법은 이것뿐이다.

야호! 드뎌 집에 간다.
열심히 먹고 틈틈이 노래한 효과가 있었다.

역시 병원은 나와 맞지 않는다.
깔대기도 나를 막을 순 없다.
병원아, 이번 생엔 다시 보지 말자.

췌장염을 앓고 난 후,
나는 내 심장이 크다는 걸 알게 되었다.

크기가 커서
그런 걸까?

내 심장은 소리도
큰 것 같다.

심장이 더 커지지 않게
매일 두 번 밥에 약을 섞어 먹는다.

약 먹기는 식은 죽 먹기다.

누나는 가끔 내 가슴에 귀를 대고
한참을 가만히 있는다.
내 심장에게 하고 싶은 말이 있는 걸까?

흠,
사실 나도 심장에게 하고 싶은 말이 있다.

To. 심장에게

심장아,
네가 더 이상 커지지
않았으면 좋겠어.

혹시 커질 땐,
커진다고
말해 줄 수 있을까?

P.S.
누나가 너 예쁘대.

오빠 차 뽑았다!

많이 걸으면 심장이 힘들다고
큰누나가 사준 나의 첫 차다.

요즘 산책만 다녀와도 잠이 쏟아지고

하품이 좀처럼 멈추질 않는다.

나만 빼고 이야기하는 거 싫은데……,

참으려고 해도 소용없다.

으응? 나 또 언제 잠든 거지?

후유~

어? 이건 큰누나 한숨 소리다.
무슨 일이 있는 게 분명하다.

날 낳아 준 삐삐 엄마가
강아지 천국에 갔다고 한다.
나와 동배인 이쁜이 누나가 있는 곳이다.

잘 모르지만 거긴 엄청 좋은 곳 같다.
이름이 '강아지 천국'이니까.

부드러운 잔디를 신나게 달리고
쉬고 싶을 땐 언제든 널부러져도 좋은 곳!

맛있는 간식이 가득하고
실컷 먹다 잠들어도 살찌지 않는 천국!

삐삐 엄마와 이쁜이 누나도 즐겁게 지내겠지.

보고 싶은 이들을 언제든 볼 수도 있을 거야.

나는 언제 그곳에 가는 걸까?

궁금했지만 알고 싶진 않았다.
나는 그냥 누나 옆에 오랫동안 앉아 있었다.

오늘은 내 생일이다!

언젠가부터 내 생일이 되면
큰누나가 조금 슬퍼 보였다.

누나가 내 시간을 슬퍼하는 걸까?

언젠가부터 소화가 잘 안 되고,

잠도 점점 많아지기 시작했다.

무릎도 쑤시고,

눈도 침침해졌지만

그래도 너무 슬퍼하지마, 누나

나와 누나의 속도는 다를 수 있어도

나는 어제도 오늘도 내일도
내 마음을 담아

모든 시간을
누나와 함께할 거야.

나는 지금이 제일 행복해!

이 모자랑 리본만 풀어 주면
더 행복할 텐데……

개 나이 열 네살이면 미래에 대한 생각도 하기 마련이다.

나도 미래 계획을 한번 세워 볼까?

흠, 사실 난 계획을 세워 본 적이 없다.

매일매일 가족과 함께 지내며

하루하루 충실하기 때문이다.

나는
어제가 행복했던 것처럼

오늘도 내일도
행복할 거라는 걸 안다.

그러니 나는 나답게!

미래 계획은 세우지 않기로 했다.

언제나

우리 함께

지금 이 순간을 행복하-개!

이 세상 모든 아름답고 멋진 말들을,
뭉게에게

우리 뭉게는 사회성이 좋지 못하다.
약간의 까칠함은 말티즈가 가진 성향이라고도 하지만
뭉게는 같은 강아지들뿐만 아니라,
아이들도 별로 좋아하지 않는 고약함까지 갖춘 탓에
나는 산책 중엔 늘 '죄송합니다'를 입에 달고 있다.
(결국 사회성을 길러주지 못한 내 탓이지만…….)
그런 뭉게가 많은 분들의 관심과 사랑을 받아,
작가 데뷔까지 하게 되다니 실감이 나지 않는다.

이 책은 '뭉게가 글을 쓴다면'이라는
출판사의 기획에서 시작되었는데,
있는 그대로 기록하는 에세이 만화를 그리던 나에게는 큰 도전이었다.
게다가 항상 나의 시선으로 보고 느낀 뭉게를 그리기만 했지,
뭉게 시선으로 바라본 상황에 대해서는 생각해 본 적도,
그려 본 적도 없어 난감했다.
이전까지 작업하던 방식을 완전히 바꿔야 했기 때문이다.

'뭉게는 이럴 때 어떤 생각을 했을까?'

'내가 우울할 때면 무심한 듯 다가와

내게 엉덩이를 붙이고 앉는 뭉게의 마음은 뭘까?'

작업 내내 뭉게의 입장이 되어 생각해 보고,

뭉게의 행동들에 나름의 해석을 하며 고민했다.

무엇보다 내가 가장 조심스러웠던 것 중 하나는

뭉게가 과하게 의인화되지 않을까 하는 점이었다.

나는 뭉게가 개로서 가지고 있는 멋진 부분들이 감춰지는 것을 원하지 않았고,

어떻게 하면 이런 부분들까지 잘 표현할 수 있을까 고민했다.

그때, 한 가지 추억이 떠올랐다.

친할머니께서 생전 우리 집에 잠시 머무르셨을 때,

당시 할머니께서는 복용하시던 약으로 인해 일시적인 섬망이 있으셨는데

가끔 이런 말씀을 하셨다.

"뭉게가 아무도 없을 때는 대신 전화도 받고,

병원에 연락까지 한다니께.

우리 뭉게 아주 영물 개여, 영물."

그렇게 나는 할머니와의 추억을 되살려

아무도 모르게 글을 쓰는 '작가 뭉게'를 그릴 수 있었다.

책 속의 뭉게는 주로 식구들이 잘 때 글을 쓰고,
눈치채지 못하게 두 발로 걷거나 사람처럼 행동한다.
그리고 고찰은 하되, 굳이 말로 뱉지 않는다.
(내가 생각하는 개의 멋진 점 중 하나이다.)
작가 뭉게의 모습은 원래 뭉게의 모습과
닮은 듯 다른 색다른 매력을 가지고 있다.
일부러 미화시키지도 과장되지도 않은
'작가 뭉게'의 모습을 담으려 노력했다.
그리고 이 과정을 통해 나는 뭉게를 조금 더 깊게 이해하게 되었다.

이 책을 작업하던 때의 일이다.
적지 않은 나이지만 지금껏 한 번도 크게 아파본 적 없는 뭉게가
병원까지 입원하게 되었고,
심장비대증이라는 지병이 있다는 것도 알게 되었다.
막연하게 생각하고 있었던,
어쩌면 애써 외면해 왔던 감정들이 순식간에 몰려왔다.
'언젠가 뭉게가 내 곁을 떠나는 날이 오겠구나.'
라는 생각이 들자 숨을 쉬기 힘들었다.

하지만 며칠 뒤, 뭉게는 보란 듯 이겨냈고,
전보다 더 씩씩한 모습으로 심장병도 잘 견뎌 내고 있다.

늦은 밤, 앉은뱅이 책상 앞에 앉아 작업하는 내 옆에
담요에 몸을 웅크려 자고 있는 뭉게가 있다.
말랑말랑하고 부드러운 뭉게에게서 따뜻한 캐러멜 팝콘 향이 난다.
하루의 끝에서 보내는 가장 행복한 순간이다.
이 책을 읽는 분들이 소소하지만 행복한 순간들을,
뭉게의 따뜻한 캐러멜 팝콘 향을 함께 느낄 수 있었으면 좋겠다.

오늘의 행복한 예예

글쓰는 멍멍이

1판 1쇄 발행 2023년 4월 20일

글·그림 예예
펴낸이 양승윤

펴낸곳 (주)와이엘씨
출판등록 1987년 12월 8일 제1987-000005호
주소 서울특별시 강남구 강남대로 354 혜천빌딩 15층 (우)06242
전화 02-555-3200
팩스 02-552-0436
홈페이지 www.ylc21.co.kr

ⓒ 2023 예예
ISBN 978-89-8401-853-2 03810